百年新诗百部典藏 / 马启代 主编

渴望时间最后的修饰

南鸥 著

江苏凤凰美术出版社

图书在版编目（CIP）数据

渴望时间最后的修饰 / 南鸥著． -- 南京：江苏凤凰美术出版社，2021.2
（百年新诗百部典藏 / 马启代主编）
ISBN 978-7-5580-5115-9

Ⅰ．①渴… Ⅱ．①南… Ⅲ．①诗集－中国－当代 Ⅳ．① I227

中国版本图书馆 CIP 数据核字（2018）第 198344 号

责任编辑　李秋瑶
装帧设计　北京长河文丛文化艺术有限公司
责任监印　唐　虎

丛 书 名	百年新诗百部典藏
单册书名	渴望时间最后的修饰
著　者	南　鸥
主　编	马启代
出版发行	江苏凤凰美术出版社（南京市湖南路1号 邮编：210009）
出版社网址	http://www.jsmscbs.com.cn
印　刷	河北飞鸿印刷有限责任公司
开　本	710mm×1000mm　1/16
印　张	10
版　次	2021年2月第1版　2021年2月第1次印刷
标准书号	ISBN 978-7-5580-5115-9
定　价	28.00元

营销部电话　025-68155675
江苏凤凰美术出版社图书凡印装错误可向承印厂调换

总序

转眼新诗已百年

马启代

早在20世纪的最后几年,大家已在议论新诗百年的事情,近年来,"新诗百年"的话题和各类活动甚至与社会商业活动携手并肩、大有超越诗歌本身的勃兴之势。事实上,看似在热闹中诞生的新诗,其本性与喧嚣并无基因上的联系。艺术与人类历史一样,有着表面风风火火的一面,也有着沉潜低回的另一条趋线。作为伴随新文学诞生的一个新兴文体,它呱呱坠地的时代的确可以用狂飙突进来标示,故我虽一向把社会"思潮"与"诗潮"的相伴相随作为认识百年新诗的一个重要视角,但我并不认同仅仅把波涛浪峰上的那些弄潮者看作新诗百年的代表,也就是说那些以潮流和流派及其风云人物为特征的历史叙事所构成的只是一个粗线条的描述,正是"思潮"与"诗潮"的历史共振,加上民族危难和社会动荡所造成的探索中断和精神异化,新诗所欠下的旧账一再被后来者忽略或轻视,仿佛一个亢奋的战士,冲锋中丢弃了装备,几番沉浮,在这个百年的节点,正是反思得失、检视成败的契机。当然,作为在争论甚至反对声中活得多数时候都青春四射的新诗,对质疑和批评的回应与对自身缺憾和弊端的正视从来都是一体两面需要痛加剖析、修正的问题。

我想略通"近代史"的人都会理解,产生于春秋战国以来极少出现的思想自由争鸣时期的新文学,结出新诗这个果实,既是必然,也显得匆忙。我们至今对它的称谓还有争议，如白话诗、自由诗、新诗、朦胧诗、现代诗、汉语新诗、新汉诗等，各有历史定位和美学指向，但莫衷一是，互不认同。此外，关于新诗诞生的历史成因、艺术脉络也各执一词，互有个见。我曾在《新汉诗十三题》中说过，它的源头不是旧诗，它与古诗、律诗、词、曲的代终体换不同，新诗直接来源于外国诗，不是一般的启示与借用，但新诗最终应是民族文化求新求变的产物皆赖于外来文化的刺激复活以及几代学人承前启后的不懈挽救。借此界定新诗的生日——假如非要有一个最大认同公约数的时间，我想，既不是胡适在《尝试集》中几首诗后面标注的1916年，也不是《新青年》2卷6号刊发胡适《白话诗八首》的1917年，而应是《新青年》4卷1号刊登胡适、沈尹默、刘半农九首诗的1918年1月。显然，作为《白话文学史》作者的胡适，深知"白话诗"与"新诗"在观念、精神和美学追求上的不同。他在1917年1月发表在《新青年》上的《文学改良刍议》被认为脱胎于美国女诗人洛威尔的《意象派宣言》，而意象派运动其主要旨趣在于解放英语诗歌的形式和语言，尽管他的代表人物庞德据说受益于中国古典诗歌的翻译。

但毋庸置疑的是，新诗承续了发端于18世纪以来世界范围内的诗歌自由化趋向，其背后蕴藏的历史人文内涵和深刻的人类精神走向乃潮流和大势。百年来，世界和中国都发生了许多亘古未有的大变化，人类在苦难和荣光中创造的无数诗篇，成为记录人类心灵和精神变化的珍品。尽管至今尚有人对新诗做出实验失败的定论，近年旧体诗创作日隆，也大有复兴的气象，但无须争辩的事实是：首先，新诗是个伟大而粗糙的发明（沈奇语），它无愧于百年风雨沧桑的砥砺磨洗（张清华语），你即便说它不成功，但也不能无视它有成就（桑恒昌语），穿越百年的时光隧道，战争、天灾、人祸以及正常或不正常的生存考验，新诗已经成为现代人重要的灵魂洗礼和精神救赎的载体。熊辉教授在《纪念新诗百年》中认为百年新诗的发展，最大的成功是确立了自身的文体优势。分行排列的自由书写成为承载现代人情感和思想的有效形式，而吕进教授把新诗看作"内视点"文学的主张，为现代新诗内在形式的确立提供了理论依据。其次，新诗采用大量口语和白话进行书面转化，使古老的汉语焕发出新的生机，重新把优雅与深邃找回，其在唤醒和复活民族灵性上体现出无可替代的前景。最后，我认为新诗与社会思潮与生俱来的根性联系，使其始终勃发着一颗求新求变的魂魄，百年来，它对于中国人精神的塑造居功至伟。

当然，一个百年的文体也许还处于未完成时，尽管许多文学史、诗歌史已翻来覆去根据不同时期的政治需要和个人诉求做过这样那样的修订甚至重写，事实上，所谓百年我们也不妨做模糊的理解，百年新诗也许尚未走出自己的青春期，业已形成的传统还显单薄，无论是文本本身还是理论批评范畴都面临着很多需要解决的问题。新诗不是"作诗如作文，作诗如说话"（胡适语）那样简单，断然不能把一种精神倡导理解为实践指南，正如不能把"下半身写作"理解为"写下半身"，把"口语写作"理解为"口水写作"。尽管民歌民谣给了自由化写作最初的滋养和激发，成就了彭斯和华兹华斯等不朽的歌唱，但新诗随着现代思想的传播，不适合进化论的艺术需要坚守和弘扬的恰恰是最初的和最原始的人的精神和梦想，最本真、最本质的感动。新诗突破了古典诗歌"触景生情"和"睹物思人"的套路，注入了"以思触诗、以诗触思"的感悟和体验，形成了"缘情言志寓思"的现代模式，这些皆赖于中西文化交汇中英美的浪漫主义和法德的现代主义诸流派的深度浸润。但一个文体既有它自我革新和不断蜕变的免疫能力，也有自我阉割的自杀倾向。如今，经历多层磨砺和戕害的新诗呈现出精神伦理和艺术审美上的诸多问题，"生底颤动，灵底喊叫"（郭沫若语）极有被废话、脏话淹没的危险。我在《百年新诗的"三度"迷失》和《当下诗歌创作的"三化"警示》两文中做了解析和指认。据此而论，吕进教授提出新诗的"三个重建"和"二次革命"多年，在展望未来时的确应引起我们的深思。

时光如白驹过隙，对于天地历史而言，百年不过弹指间的一个刹那，但于人于事，一个世纪毕竟暗藏着天翻地覆。适逢新诗百岁，借此数语，聊寄祝福！

目 录

第一章　渴望修饰

003　断碑，或午夜的自画像（长诗）
011　药剂师
012　天街
013　宝蓝色的花瓶及其他
015　停电
016　落日
017　孔雀与童话
019　道具
020　动物园里的野狼
021　罂粟花
022　白昼与黑夜的距离
023　貂蝉与四百年的江山
024　正月初八与宿命
025　乍暖还寒
026　所有的汉字都是我满朝的文武
028　从胸腔掏出的汉字
029　你们不是先知
030　从甲骨文中引兵十万
031　殉道者
032　渴望时间最后的修饰
033　听风
035　每天都是自己的扉页
036　在贵阳西二环迷路

037　让血液回到那个午夜
038　一种孤独面对另一种孤独
039　从死中觉醒
040　在一场雨中回到从前
041　鲜花高过了伤口
042　如果我在这个冬天死去
043　雕刻时光
045　立春，或正月初五的风
046　本命年
048　我减掉了飘逸的长发
049　惩罚
050　断崖上的闪电
052　他们收割了一万年的阳光
053　似梦非梦
055　一只野兽在我的体内昼夜走动
057　孤独的王
058　不要在我的灵魂内张灯结彩
059　星宿
060　我回来了
062　火焰追赶着风暴
063　谁把我带走
064　黑暗只属于命定的灯盏
065　一场雪天下大白
066　时间是命运的携带者
067　一个被装饰的夜晚
068　谁在摆渡
069　梨花是我的另一场雪
070　立夏或时间之殇
071　月亮走在无人的街道

072　时间好像摘除了心脏

第二章　与神为邻

075　在鲜血凝固的伤口定居下来（组诗）
079　花祭
080　夜空梦一样幽蓝
081　一只静物里的苹果
082　女人
083　在国王与皇后中间
084　火舞
085　吉他女
086　是夜半，还是家乡的黎明
087　一张脸，在一碗米酒中变形
088　回乡的路只有一条
089　听石
091　我已经归来
092　千里之外倾听每一滴泪水（组诗）
094　中国船长
095　今夜，你被亚鲁王封为贵妃
096　深宫里的春天
098　语言与语言之间
099　春风难度
100　盛开时间的石头
101　从一尊玉说起
102　我们住在同一首诗中
104　颂词
106　当我成为你的传说
107　太阿与高尔夫球场

108　在寒流到来之前
109　谁身披星光飘然出浴
110　春天被两只天鹅打开
112　阿瓦小镇
113　北京,突如其来的暴雨
114　今夜,我身披王位
115　弯腰拾起的几个汉字
119　牵一匹马回家
120　顶着天空的蚂蚁
121　西外的落叶
122　桃花说出谁的宿命
123　紫色的秘密
124　午夜藏着谁的宿命
125　一片叶子的声音洗净我的身体
126　我们藏着同一个故乡
127　狂欢之后
128　从荒野的石头开始

第三章　爱与变奏

131　另一种玫瑰
132　那些风,那些雨
133　天鹅停下舞步,泪水砸向天空
134　一场暴雪,掩埋了记忆
135　我在你的生日种下诗歌
136　谁是谁的艳遇
137　不要再卷舔我发绿的伤口
138　你的脸深埋在凋零的花瓣里
139　我已来到你的家乡

140　不要告诉我玫瑰是一种传说
141　格林威治时间从你开始
142　今夜，所有的鲜花都是赝品
143　从雪峰到小江南
145　在一曲古典音乐中昼夜狂奔
147　爱无痕

第一章

渴望修饰

断碑，或午夜的自画像（长诗）

1

阳光在一座古钟的体内苍凉下来
时针突然指向深渊与虚无。天空生锈
青铜的大钟，丧失了鲜亮的音色
我拆下古老而漫长的指针
时间，在我的手指上断裂
然后慢慢消失

一张白纸突然飘来一个破旧的
黄昏，飘来1095个昼夜和春天的暗房
变形的时间泛出绿斑，爬满了苍蝇
梦外梦外，昼夜穿梭

我像一根肋骨刺进午夜的
喉管，随着它的血液在体内肆意漫游
从一个午夜到另一个午夜
肋骨卡住了时间，在体内生锈

2

一只秃鹰啄破家乡的屋顶

雨不停地下，空气像溃疡一样糜烂
我的血液，在雨中停止下来
时间，像血液一样凝固

没有权利时受孕，注定在锋刃
降生，如一位死胎解读命运荒凉的密码
风吹着我日渐变形的脸，而病毒
在脸上像一朵鲜艳的花瓣
死亡，装饰着天空唯一的语言
而死亡的艺术，高不可攀

总是被成群结队的蚂蚁践踏
撕咬；剩下如丝的气息和光光的骨架
总是被无头的人群昼夜追踪
总是与鹰为伴，与死者为伍
灯火消失，呼吸变得陌生而又遥远
死亡，早已写进家谱和姓氏

3

梨花凋落，春天再一次沦陷
一位活着的死者墓碑般站立
不要靠近我埋葬的山冈，我守在这里
就像一位仆人守护他的主人
像一位孩子偿还祖辈欠下的债务
不要让风传递我的消息

道路在菊花的芳香里凋零
时间，回到一具鱼骨的脸

不要张望,不要让眼泪丧失咸味变得柔软
守在这里,就像一位新郎
守护他的新房,就像一位死者
守护他的墓床

面壁。割断声带。祈祷一位
女巫为自己整形,把我从记忆中剔除
就如同把阑尾从器官中割掉
阳光像死者的脸,我再也无法翻阅
家谱和姓氏,履历如一潭死水

4

所有的声音静止,但我依然
听不见血液流淌的声音。我伸开手臂
已摸不到我的脸,我张开嘴
风吹跑了我所有的语言。时光
恍若隔世,一下子远去

万物已睡去,我在写诗
白生生的灵魂盛在月亮的玉盘千里共赏
风从南到北,又从北到南
我一生的行囊只剩下空旷

站在河堤,低矮的天空直压下来
河水越流越浑浊,我的脸越来越模糊
风,穿过城墙在河面上撕扯
高悬的月亮,早已沉入河底

海水涌向天际，我以死者的名义
站在这里，用一根肋骨写下不朽的哑语
一张破网撒向黑夜，撒向大海
永远无法打捞已经死去的记忆

5

关上所有的门窗，熄灭所有的灯火
我害怕梦中遥远的声响。脸死者一样安静
内脏已被掏空。我躺在动物空旷的胃
天地之间，蠕动另一片大陆和遥远的季节
阳光，依然掩藏一片片废墟

我亲自剪断自己的脐带
流亡春天。一把古老的剑刻下绝笔
一只候鸟的翅膀上刻上图案
我在植物中间，寻找隔世的真理
那些看过的花天天都盛开
我摸过的植物都开口说话

象形的文字胎记一样植入了身体
我拒绝阳光，拒绝鹦鹉和画眉的模仿与歌唱
俯首向那些刚刚凋落的花瓣鞠躬
感谢她们的指引，我学会了承受
蛆虫，在我的手背和口腔里爬动
所有的春天，暗疮密布

思维凋落，我转让了时间
听见每一张脸，在阳光下急剧枯萎
或者裂变。基因打开了大门
有人被神秘移植，有人被嫁接
我害怕，自己也长出尾巴
四肢像动物一样爬行

时空在一位女人的乳房上
错位，我被蒙着眼睛架进了医院
手术刀的声音像一只公羊
最后的哀鸣。我再一次被解剖
我再也没有走出医院
我再也没有睁开眼睛

7

一生站在命定的位置，站在
死亡中央。粗粝的肌肤是百年的恩典
像一位孤独的哑巴昼夜歌唱
冥冥之中，撕开午夜与黎明

记忆在记忆的屋檐下死去
那些日渐模糊的汉字依然讲述着家事
一件博物馆的文物，总是
被时间和命运反复地追踪

祖先裹身的树皮，已是一种
道具，呼吸依然牵着一台破旧的风车
而一滴鲜血，细细弯弯地流

它无法改变河流的方向

古老的故事被刻在一支箭上
一支箭穿透树皮，同样穿透小鹿的肢体
穿透雨水和时间。死者的神经
连接历史，变形的脸清晰可见

肯定有一只手在历史学中
打开颅骨，在一片废墟上刻下最后的经文
滑动的笔端发出手术刀的声音
而残留的余温，依然回到远古

8

其实，他渴望山峰一样站立
木乃伊突然醒来，与之拥抱举杯倾诉
渴望在升级的病毒中，发现昨夜
已消失的街道和房屋

拨弄一根风中的断弦
渴望众神重临的夜晚又突然浮现
而一根断弦留下的空白
秃鹰翻飞

9

鲜血滴出黎明，落日掩埋记忆
此刻，一辆马车正穿过已经迷失的村庄
大海像情人的眼睛一样的明净

涛声依然，洗净天空，洗着旧梦

灰烬总是渴望消逝的火焰
我的内心总是藏着一匹癫狂的野马
我知道，黑夜依然如饥似渴
而我的身体依然静如山峰

没有惊心动魄的细节和故事
就像黑色的鹅卵石，总是站在时间之外
总是被反复践踏和遗忘。就好像
一片落叶，总是被重新解读

10

那些到南方的飞鸟开始梳洗羽毛
那些依然被春雪覆盖的乱石和野草
那些瓦房，那些忘记时间的昆虫
那些刚苏醒的蛇，已经心领神会

空气一动不动，我等待那只秃鹰
啄破我的眼睛，等待一条蛇咬断我的气管
午夜，停下了最后的呼吸
我蜷缩在阳光灿烂的废墟

如果有风吹过，我会眨一下眼皮
感谢神的赐予，祝福原野和村庄重获神的
启迪。但我依然渴望像死者一样
远离时间，脱离前生和后世

我站立的地方是时间的起源地
花开同一片天空,风吹同一个方向
我渐渐进入一块化石的内部
饮酒写诗,独坐幽深的黄昏

舞台的光影,总是虚幻命运
沉默者继续沉默,他将卸下
一生的重量;而表演者仍在表演
他在虚构时间的方向

2006年6月至2007年7月于贵阳

药剂师

他爷爷藏着一张炼丹的秘方
进入皇宫,他成为一位世代的御医
灯光昏暗,他的身影像一条
蜈蚣,顺着血液,爬进患者的胸腔
他正在为一位绝症的患者
煎熬金丹

脉向不明,神经错乱
脸像石蜡一样,而古老的秘方已经失踪
他开始怀疑自己的身世和姓氏
丧失祖传的偏方,手被停在空中
深秋的阳光,在一片片
青瓦上,日渐寒冷

他依然无休止地配药炼丹
期待着起死回生的人群已排成了长队
而风,倾斜了朱门和楼台
他的眼珠最后落入炼丹的火炉
他手如枯枝,他被迫加入
焚烧的队伍

2007年元月6日于贵阳

天　街

我的灵魂在古典主义中枯裂
不要蔑视我的无知。你的名字把我悬挂在
绝壁，我开始想象你神秘的容颜
青石板的小路，雨不停地下
每一张面孔都在抒情。风已经没有方向
你的名字已压断了风的翅膀

现代汉语在风声里凋零
我依然无法想象黑夜的手指编织的天堂
或者只是一张白纸苦涩的谎言
一位青楼女子留在闺房的初恋
琴声稀疏，阳光藏在隔世的午夜
驿站和遥远的渡口

一个被故事和传说装饰的景点
如同一位浴着雾气的宫女，美妙绝伦
在一张荷叶上假寐，终其一生
我泪眼昏花，折断模糊的时间

一位少年不谙世事，病入膏肓
记忆被反复切除又反复的癌变

2007 年元月 11 日于贵阳

宝蓝色的花瓶及其他

宝蓝色的花瓶,安静如兰
可是我看见花瓶盛开一具血红的骷髅
这是一幅时空煎熬出来的作品
我在童年的时候,只看到
花瓶上插满鲜花

自从花瓶被祖先命名
所有的人都只是插上鲜花或塑料花
但是,花瓶依然是花瓶的命
花还是吐着花的气息

漫长的冬天,太阳腼腆地
升起,我迫不及待在窗前支起画架
先画下宝蓝色的花瓶
再画一具血红的骷髅

阳光下的花瓶和骷髅安静如初
但我隐约看到他们的嘴唇撕咬在一起
陡峭的火焰在唇片上暗自燃烧
慢慢吞噬着,画布与时间

但是,冬天不能告诉我

花瓶还是不是花瓶；窗外的阳光
也不能告诉我，那血红的骷髅
还是不是骷髅

2007年12月于贵阳

停　电

天空飘下一件神秘的黑衣
老鼠东游西逛，蟑螂自墙角爬到桌上
还有一些黑影在蠢蠢欲动
惊心动魄，夜空无语

更多的也许已穿上温柔的马甲
招摇过市，粉饰天下。另一些正悄悄逝去
不知道是另一种安静，还是
正在聚集风暴与闪电

如同一道裂缝洞开另一片国土
风从陌生的地方吹来，带着神秘的气息
每一个黑影，仿佛都变成了法官
每一棵小树都被审判

好像每一颗心灵都是刑场
法官如一把小刀，切开了癌变的细胞
流出的毒汁晶莹剔透，而黑夜
又变成了另一种白昼

2008年元月于贵阳

落 日

病榻上的男人，肾脏和灵魂
被掏空的男人，挥霍精液和才华的男人
最后一滴精液已在天空悬祭
而他依然霸占着原野和群山

它沉落，在少女簇拥的群峰
那忧伤的弧线，依然想挽留逃逸的青春
它用一个动词指证宿命，用一滴血
淹没所有的男人，祭奠青春

其实黑夜是他永远的婚床
而枯黄的笔触，依然在天空不停地
写下悬念。在沉落中玩弄才华
又在才华中死于宿命

2008 年 9 月于贵阳

孔雀与童话
——我不该在今夜写下虚无

正月初一,中国结如期盛开
所有的手指又将打开一部童话的扉页
当焰火燃尽,蚂蚁成群结队
回到了地洞,我又独自守在
时间的门口,再次写下一个
夜晚的无辜

很多年前,在流亡的途中
我在一本格林童话的扉页上写下:
童话是孩子们最美的花园
而今夜,另一部童话正在打开
我将在扉页上写下花园
还是谎言

孔雀开屏,吸尽世人的目光
每一张脸,都在她幽蓝的羽毛上盛开
孔雀成为一种象征,所有姓氏都
挤在上面。时间慢慢打开精美的词典
每一个词都是谎言,荒谬的故事
虚无所有的脸

时光迁徙,记忆沿着漏斗

涌到我宁静的键盘。窗外焰火通明
我无法减缓敲打键盘的速度
所有的身影在键盘上无声陷落
我知道,光芒的中央是一种
更深的黑暗

血液已被吸干,体温慢慢冷却
一位诗人的孤独是否是一个时空的孤独
路越走越远,身影越来越稀疏
而谎言总是穿金戴银,居住在天堂
时间的面孔在一只孔雀的翅膀下
越来越模糊

其实,孔雀与童话很无辜
光芒投下巨大的阴影,又被阴影吞噬
我不该在盛开的时辰写下虚无
此刻夜空展开祭台,而她们同样是
另一种承受,我不该剥开她们
蠕动的伤口

2008年除夕至2009年大年初一凌晨

道　具

没有体温，体温在千里之外
一座城市的垃圾场藏着刚刚卸下的朝代
没有意志，空茫的额头日渐荒凉
好像被暴雨冲洗的荒滩。没有眼睛和手
总是被牵着，而更多的时候
是被一位死者牵着

没有庆典，总是穿着盛装
虚幻的光影总是打扮他的清晨和黄昏
当舞台曲终人散，光影消逝
细细弯弯的血液淌进僵硬的血管
他才从剧本的细节中走出来
蜷缩在阴暗的角落，他才回到
原始的皮肤和心跳

2009 年 2 月于贵阳

动物园里的野狼

已经背叛了自己的血液
像一尊石雕,端坐在铁笼子的角落
它灰白的眼珠偶尔转动
褐色的眼皮没精打采睁开又合上
古老的血液好像在昨夜迁徙
四肢铁棍一样插入墓地
但孩子们知道它的染色体依然隐现
原始的图案。它不是标本
更不是一尊石雕

孩子们围聚在它的身旁
冷落了大熊猫,抛弃美丽华贵的孔雀
和表演杂耍的大象。他们用
自己的节日,复活大自然的野狼
但它低垂着头,依然无语
孩子们开始想象它在荒野的表情
开始模仿它的嚎叫
似人似兽的叫声此起彼伏
淹没了山谷

2009年6月1日于贵阳

罂粟花

一些闪亮的动词和名词
像假肢,生硬地套着一件鲜亮的服饰
身体隐现的图案日渐变形
刚刚逝去的脸就像闪光的病句
或是它遗落的偏旁或被它
省略的标点

红色的梦魇总是越陷越深
其实,错乱的密码早已潜藏在酒杯
在白昼制造黑夜,在时间中

焚毁时间。原来那些鲜亮的名词
是它设计的道具,那些动词
指点江山

2009 年 2 月于贵阳

白昼与黑夜的距离

黑白之间，一片辽阔的音域在翻卷
音符音节音调音阶和节奏，连着所有的翅膀
无法攀爬的音区藏着断崖的风景
令你一生痴迷一生流浪。它们对峙中燃烧
在燃烧中对峙，不寒而栗的眼神
正剥光你最后一件内衣

玄学、不可知论、二元对立连着
所有的陷阱，让你眼睛发黑，你头发枯竭
它是一个幽深的裂缝，寒气逼人
降落的雪花，如同一张张死亡的文书
深不见底的天赋暗藏太平洋风暴
所有的船队烂熟于心

其实黑白之间藏着深渊，藏着
永不熄灭的火焰。古老的言辞描绘细节
也许，只有一位逝者在一路前行
只有一位哑巴用骨头歌唱。他们是王
是卑微的王，只有逝者和哑巴
能说出真相

2010年8月于贵阳

貂蝉与四百年的江山

以赏梅的名义,四百年的江山
系到她纤细的腰上。泪水流淌江山的溪流
泪水打败千军万马。四百年的历史
命定一位女子修改,四百年的江山
等待一位女子点缀。花瓣落成流芳的故事
是她的万幸,还是天子的悲哀
或者是相反

偶然的梅香持续至天,但是
浸入骨髓的香气冒出的白雾不寒而栗
她只是四百年江山里的一朵梅花
那个董卓与王允赏梅的午后
从此就大雪纷纷,寒冷至今

2010 年 8 月看新版《三国》而作

正月初八与宿命

传说今天是谷子的生日
如果天清气朗,一年就稻谷飘香
如果阴郁,就注定今年歉收
这是谷子的传说,这个传说
藏着宿命,藏着命运的纹理
藏着风暴

生于正月初八,命定被藏在传说之中
不知道母亲生我的时候天空阴郁
还是天清气朗。如果我是传说中的一个页码
那谁在杜撰我的命运,谁在主宰
我的一生,谁又在我的脸上
刻上莫名的胎印

其实,我不知道这个传说
我只知道在万物的面前把自己打开
在神的面前埋下自己的脸
就像婴儿打开自己的身体
就像一位死者
埋葬自己

2011 年 2 月 10 日于贵阳

乍暖还寒

不是飘飞的衣裙到羊绒大衣的距离
南方的桃花移植北国的雪地。不是泛绿的江水
被冰雪覆盖,刚刚出窝的飞鸟折断翅膀
不是黎明被子夜射穿,婴儿重新回到
子宫。不是,都不是

不是天鹅在琴弦上停下舞步
蒙娜丽莎的笑容被指认赝品,大理石的光泽
瞬间凋谢;大病初愈又病入膏肓
不是芳梦初醒,时空在晃动中变形
不是一张脸在另一张脸上消失
不是,都不是

不是到卡夫卡城堡的背影
被吞噬,西西弗斯的巨石再次滚到山脚
不是教堂的钟声从天边回到钟楼
眼珠被时间拉出,装饰的时间露出真颜
不是动物园的野狼在假寐
不是,都不是

2010 年 3 月于贵阳

所有的汉字,都是我满朝的文武

留下一堆生涩的普通话
留下被阉割的器官,留下被拦腰斩断的青春
一道口谕,敲打着贫民的屋顶
无法缝合的伤口,翻卷着黄昏
奉天承运,从胸口飞出的寒鸦
闪出一道陡峭的口谕

我从来不是他人的子民
更不是皇亲国戚。我的血液只流向天空
我只属于粗糙的大地和天外之天
时间的背后掩映我的故乡
我醉卧故乡的草地,千年
狂饮,一万年不醒

其实,黑夜藏着我的舞台
我就是自己的主角。一个人独步的传奇
在词语间策马而行,狂醉的身影
穿越古今。我敲打着键盘
所有的汉字都是我
满朝的文武

其实我的胸脯起伏着疆土

我就是自己的国王。我的书房是皇宫
沉默的书卷浮动五千年的暗香
我睁开眼睛,所有的山河都是春天
我入梦,五千年的历史
昼夜迁徙而来

2011年2月于贵阳南景书院

从胸腔掏出的汉字
——答谢《世界诗人》和译者

这些被血液浸透的汉字
一笔一画地,从我的胸腔昼夜掏出
我再次痛恨自己的脆弱
为什么把最痛的地方暴露出来
总是在伤口里一病不起
原来疼痛,是一种存在

真是昭雪的文字显灵
阳春三月,贵阳再次飘落罕见的雪花
她瞬间会被埋葬,被遗忘
但她的飘落敲打我凝固的血液
她的样儿,总是让人心疼
更让人无地自容

2011 年 3 月 15 日于贵阳

你们不是先知

其实,你们不是先知
只是让心灵昼夜盛开,昼夜倾听
万事万物的声音。你们听到
现代汉语骨骼里的一阵阵冷风
那是缪斯无限挽留的声音
是女神的声音

你们看到,你们摸到
那深藏于时间的骨头,那张被抛在
荒野尽头的脸。你们双手捧着
那些飘忽暗夜的磷火,你们知道
那些都是闪耀时间的元素
你们俯身拾起

其实,你们不是先知
你们只将长长的姓氏联结着时间
如一列高铁,穿越现代汉语
你们牵引着高史,你们双手捧出
血红的心脏,你们的命名
让时间突然发抖

2011 年 3 月 17 日于贵阳南景书院

从甲骨文中引兵十万

青梅竹马的妹妹被抬进深宫
死亡的消息,像才华横溢的寒流层出不穷
春天已失踪,也许她已为谁殉葬
除了在汉字上发掘呼吸,除了回到诗歌
我该到哪里栖息。是断崖上的石碑
是甲骨文的体温

大营扎在绝壁,石碑直指苍穹
从甲骨文中引兵十万,丝绸之上采撷灵性
苍穹是一张宣纸,碑文上的汉字
行云流水。狂草的笔法,指点江山
手指在键盘上修改起伏的群峰
地平线在指间移动

2011 年 3 月 26 日整理于贵阳

殉道者
　　——献给张智先生

身披一件漆黑的长袍
不动声色的黑，吞噬了所有的颜色
你居住在时间的中央，潜藏
海底的巨浪。世界被你缩小为
一个小黑点，黑色从此成为
经典的意象

你把脸藏起来，藏到地狱的
一块巨石下面。直到从石头里雕出人来
直到人又变成了骷髅。整整十六个
世纪，寒冷驱赶寒冷，死亡驱赶
另一种死亡。直到躯体剔出骨头
直到肋骨上发现诗句

对黑暗的热爱胜过黑暗本身
你已吞下黑色的长袍，你把它藏在胃里
离心脏很近，昼夜倾听穿过的风雨
其实，你昼夜都在吞噬自己
把自己嚼成粉末，飘动天空
植入黑色的土地

2011 年 4 月于贵阳

渴望时间最后的修饰

我说过,渴望时间的修饰
就像落日修饰地平线,海啸修饰纸船
一条命定的鞭子或一把古剑
才华横溢,挥动的语言穿越古今
请不要再掩藏,或者用剑柄上
那浮动的暗香

但不许鲜花,不许那些露珠
打开白昼和黑夜。那些百变魔女的细腰
只能装饰午夜的长街,让柳条
抚弄初开的眼睛。午夜薄得像
宝蓝色的冰片,墙上的挂钟
欺骗了一万年的阳光

梅雨的消息藏在千里之外
那些阴暗的词,那些腐烂一千次的舌尖
早已蠢蠢欲动。天空开始倾斜
每一个季节都已赤身裸体
不许癌变的梅雨,靠近季节
吞噬无辜的时间

2011 年 4 月于贵阳南景书院

听 风

驾着长车,从荒原呼啸而来
还是借神灵的翅膀,从天宇降临大地
是以一位卑微者求爱的身姿
还是殉道者自我吞噬的言辞

无论手捧阳光,还是身披黑夜
记忆断裂,大片的群山被覆盖,所有的絮语
释放出梦魇的消息。以火焰的方式
或者以洪水的言辞

那些飘飞的马鬃连成了地平线
那些白色的羽毛聚成云团。时而身披黑衣
时而身着蝉翼。梦幻的野心藏着天空
胸口藏着永恒的秘密

时间背后的天幕被你写下天书
雄浑与飘逸变幻莫测,梦幻的笔法席卷天空
命运的扉页被一曲挽歌昼夜撕扯
谁的午夜,梦魇翻飞

我知道,那些花瓣只能堆积记忆
那些证词才是天才的诗句。但亡者的口红

娇艳如滴。谁在古老的天幕之上
闻鸡起舞，敲打黎明

不要躲在春天的裂缝，伺机而动
带着雪山的寒光，提着荒原的胃和风暴
款款而来。不要让一位诗人的离开
轻描淡写，纵横肢解

不要暧昧，不要让天空忧伤而贫血
不要让鹰的翅膀丧失张力。点燃群山的火焰
或以离开的名义，狂扫所有的足迹
不要让天空寂寞，泪流满面

2011 年 7 月于贵阳南景书院

每天都是自己的扉页

落日，慢慢滑向远山
谁以黄昏的名义掠走一位少女的容颜
时间正在一点点剥落
落叶渐渐掩埋了回乡的小路
昨夜的梦，是否收藏了
从前的记忆

她在等待时间的修饰
时间之外，是否可以重新画出海拔
那些落叶夹进死去的记忆
在词语间，寻找一条幽深的小路
每条小路都连着自己的神经
每天都变成扉页

2011 年 7 月 28 日于贵阳南景书院

在贵阳西二环迷路

不知道山峰拒绝鹰的翅膀
更不能领悟,在自己的家门口迷路
其实那些纵横的道路就在窗口
擦肩而过。我真不知道,是我
遗忘他们,还是我已被
他们遗忘

浓重的夜色永远守在路口
道路永远伸到天边。哪一盏孤灯还残留
我的体温,像自己的情人昼夜期盼
而用泪水抵抗孤单

也许这是彼此的玄机与照会
或许要在自己的家乡蒙上奇妙的色彩
不要以为家永远是自己的家
道路,永远在自己的景致里敞开
只要在路上,头颅背叛心脏
就在下一个驿站

2011年8月28日于贵阳

让血液回到那个午夜
——为一篇没有体温的文字默哀

他动容。他要向文字道歉
再向苦难鞠躬。他命令自己血液停下来
向后转,回到那个边远的山寨
回到午夜的葬礼和久远的血液

他被迫完成了这篇随笔
而每一个汉字,如同他的体温一样冰凉
半年后的今天,他发现这些文字
没有他的体温,没有他血液
的汹涌,他仅仅看见清晨掉落的
乱发和头屑

2011年8月于贵阳南景书院

一种孤独面对另一种孤独

一种孤独面对另一种孤独
除了彼此的悲哀,还有什么是存在
那些落叶,她们只能述说
五百年前的寂寞。我刚刚从绝壁
逃到断崖,就像回到史前
回到那空白地带。回到格林尼治
时间。或者在时间中砍断
时间,永远消亡

2011 年 9 月 15 日于贵阳南景书院

从死中觉醒

春天卷起皱褶,一位孩子
在皱褶中死去。在没有权利的时候受孕
他在自己的家乡没有自己的家
在自己的姓氏里找不到自己的名字
就像病毒从体内剔除,胚胎
无端地脱落

其实他是觉醒者,他是先知
他用死守住清白,用清白漂洗黑夜
他知道天空蒙上太多的尘埃
只能用泪水冲洗。他是幸福的
从死中觉醒。一千个死结
抛向了人群

2012年3月9日于贵阳南景书院

在一场雨中回到从前

一场雨,正在装扮一个季节
告诉我,能否在一场雨中回到从前
在闪电之中,彻照我的容颜

谁唤回我的童年,一滴泪水
可以修饰两个人的命运,可以打败王位
午夜,谁是唯一看到我泪光的人

一杯咖啡,永远无法交换
那些异域的时光。音乐打开暧昧的光影
纯净的音符只是短暂栖息的翅膀

2012 年 3 月 15 日于贵阳南景书院

鲜花高过了伤口

那些藤蔓密密麻麻
枝叶回光返照。是鲜花高过了伤口
还是伤口瞬间吞噬了鲜花
生死之间,惊心动魄又不动声色
一种轻纱曼妙掩藏着生死
时空陷入谜的深渊

一曲古典的音乐,漫过头顶
一只蚂蚁,占据了灵魂所有的道场
所有的血液回到远古,回到
一位诗人的清晨,回到暧昧的
黄昏。万念俱灰而又
踌躇满志

如果我在这个冬天死去

如果我在这个冬天死去
谁会在我的坟头失忆；谁会折断手中
虚无的笔，扯下天幕下的谎言
谁会折回一条河流的源头，考证母语
谁会用素白的菊花，打败记忆
修改时间的容颜

低矮的天空压迫着头顶
街道和房屋，在阳光的装饰下变形
一块荒野的断碑是唯一的风景
不知道是时间的旨意，还是它
开启了时间。传说绵延千年
撞击着时空

这个冬天我好像已提前预定
其实一万年前，我就牵着神明的衣角
流亡的人，从刀锋上回到故乡
就像预设了千年的一次隐秘之旅
或是将洗了又洗，反复折叠的
灵魂，昼夜迁徙

2013 年 11 月于贵阳海德栖园

雕刻时光
——与三色堇同题

当黑白的光影打在他的脸上
他被一束光雕刻，完成了自己的宿命
他交出染色体的纹理与姓氏
交出了生辰八字。一张脸被刻成废墟
时光只剩下遗址，一具躯壳
从风中穿过

与此同时他也变成了雕刻家
沉默的刻刀才华横溢，伸向时间的深渊
他被时光挽留，他也雕刻了时光
就像一位早逝的天才在午夜重新复活
每一刻痕都是绝笔，每道幽光
都是千古绝唱

就像野火，就像野火的眼神
就像眼神从幽暗中射出的千年的雷声
就像躲在雷声背后的一场大雨
碑文被洗得发亮，它们说出了真相
时间泛出了绿斑，晶亮的盐
从海面浮现

就像那风，就像那风的舌尖

就像舌尖上的闪电,就像闪电的刀锋
也许时间依然赤身裸体,夜空
沉默的刻刀才华横溢,伸向时间的深渊

2013年12月于西安

立春，或正月初五的风

好像从墓地突然睁开了眼睛
一丝熏凉的风，从我僵硬的皮肤上滑过
好像在揭开时间的盖头，揭开那些
已发霉的细节。好像要把我从墓地
刨出，把我所有的肋骨
重新安放

我不知道，这一阵风是不是
从我生辰和八字上升起，是不是刚刚穿过
我荒凉的手稿。它幽绿的蛇信
就像一把软刀剥开我早已死去的记忆
犁铧翻开土地，就像一只鸟
周而复始，修剪春天

2014 年 2 月 4 日于贵阳海德栖园

本命年

不是十二生肖的交替，而是
一生都站在这里。身披冰雪，直逼苍穹
所有的风，都向我低头认罪
一块神秘的红布，挂在我的书房
透亮的天空，再次蒙上
暧昧的阴影

其实，我就住在死神的宫殿
我天天都是本命年。那些淡蓝色的火焰
那些从骨头缝里渗出的鳞片
我一饮而尽。火焰翻开时间和灰烬
所有的年份都植入我的命里
我吐出火焰又吞噬火焰

我的属相是龙，是天生的王
所有的时间都是我背上散落的鳞片
我躺下，山河如梦中的婴儿
当我腾云驾雾，它们也在随之飞舞
那块神秘的红布无法收藏
日月和星辰

我说过：承受是千古的美德

从死中觉醒，在墓碑上发现新的语言
一位百年的逝者重新开口说话
我头顶日月，像一块界碑标示生死
我知道，那些荒野的乱石，
他们会说出姓氏

2012 年元月 22 日于贵阳

我剪掉了飘逸的长发

我剪掉了飘逸的长发
这是比死亡更加高不可攀的仪式
面对你我还能剪掉什么呢
直至今日,除了我高贵的头颅
我依然两手空空,依然
一无所有

如果我依然热爱一个动词
我依然记住这个被渐渐冷却的日子
我只有剪掉我高贵的头颅
这不是一种仪式,这是一个
向死而生的动词,是另一种
比死亡绝妙的美

2014年5月于鲁院602室

惩 罚

惩罚他,他来自黑暗
他身披九十九个太阳,而他的光芒
让世界瞬间变成黑暗。他来自
黑暗的内部

惩罚他,他是一位百年的哑巴
他的哑让所有的语言从此蒙上尘埃
黯然失声。一把提琴泪流满面
从此拉断自己的琴弦

惩罚他,他出生卑微
他的卑微令天空弯下高贵的身躯
他没有姓氏,他打破了疆域
取消了家族的尊卑

惩罚他,必须惩罚他
用暗夜的星光,或者一千位少女的初吻
惩罚他,用翩翩起舞的三千只蝴蝶
或者整个春天

2015年2月26日于贵阳南景书院

断崖上的闪电

一束光从体内的暗道射出
聚集了千年，从染色体的图案开始
从血液昼夜流动的声音开始
此刻，时间就在光的脊背上战栗
这个时刻，光已演示了千年
光的肋骨举着时间

渴望了千年，就是为了
展露瞬间的容颜，为了倾听神的气息
光重新分割时间，把一年命名为
一个甲子，让每天都获得旺盛的阳光
光知道必须驱散前世的黑暗
这是出发前的功课

如同一次亡命天涯之旅
没有路标没有终点，如断崖上的闪电
光从体内射出，就不能停下来
它知道，一生只有一次命定的旅行
如果命定降落，要让时间溃败
就要穿透时间

悄无声息，黑暗被一束光

瞬间劈开。高山流水间琴音四溢
所有头颅被举过苍穹
成群的蚂蚁钻出世居的洞穴
它们建造自己的皇宫
它们成为的主人

2015年6月于贵阳

他们收割了一万年的阳光

该遗忘的，早已经遗忘
我的血液，我的家乡我千年的姓氏
那些被反复肢解的时光就像
体内割掉的器官

今天，我没有权力遗忘
今天只属于亡灵，他们是时间的审判者
那些细节，染红喜马拉雅山的雪峰
他们提升了今天的海拔

他们从废墟里探出头来
黑洞洞的眼眶，命令钢铁重新回到钢炉
命令一条古老的河流，从此
倒挂在天上

他们让时间哑口无言
让每一天，都变成了时间的赝品
他们躺在地下，他们收割了
亿万年的阳光

2013 年 5 月于贵阳

似梦非梦

我接到通知,去认领自己的尸体
幽暗的阳光打在我的脸上,验明正身的密码
若隐若现。两只裸足光洁如玉无法辨认
一双四十二码的大鞋遗落旁边。我知道
这不是我。谁以死者埋葬八月的阳光
谁用死亡代替我的呼吸

我惊愕,工作人员开始为我复原
从一双裸足开始,我的双膝我的整个身体
慢慢站立。突然一个古董般的望远镜
从我的眼眶伸出来,脸上的表情
风云突变。你看,你看,他举起双手
他在向你致敬呢

沙滩上留下歪歪斜斜的背影
和错乱的脚印,时间被一个黄昏尽收眼底
我是否可以言说自己的前生和后世
我承认我是时间的异物,我被一位
流浪的国王出土,又被安放在一个
幽暗的器皿之中

我被陈列,被解读,被昼夜

肢解。一个人的命运无端地大于
命运本身,背影如落叶腐烂
内心又黄金般灿烂

2014年6月于鲁院602室

一只野兽在我的体内昼夜走动

永远不要停下来,走吧
四肢交替,搬动清晨又搬动着黄昏
其实,你最好在我的体内
定居下来生儿育女,以国王的名义
颁布法典。一张死者的嘴
覆盖着地平线

很多年了,其实我的身体
就像你的占领区。空旷的胃如你的广场
心脏是你的行宫。但是我们彼此
假装不认识。在假寐中对峙
用沉默代替真理,弯曲的脊椎
支撑虚幻的美德

我的胸腔是一具红木的音箱
你的走动总是释放出令人恐惧的声响
而你的姿势,你的神态,我将从
音响中淘洗出来。如果你饿了
我会小心翼翼一动不动
任你昼夜撕咬

如果你知道我是一位诗人

你还想附弄风雅,想谈谈诗歌和爱情
我会备好咖啡米酒以及旧磁带
如果你醉了,你可以发疯
可以命令一块石头站起来向你敬礼
还可以命令一只羔羊改嫁
但是,你不能让一位诗人
俯下头颅

2014年5月22日于鲁院602室

孤独的王

终于在一盏午夜的孤灯下
解剖自己,终于让一生的孤独穿透内心
锋利的光影打开今夜的手术刀
而简洁的锋刃在体内黑白分明
纵横切割。胸腔昭然若揭
群峰墨香四溢

午夜是驯养野兽的良辰
月色静谧,银光刺痛兽类的神经
孤独是一位王,没有家乡
没有姓氏。孤独总是怀抱野兽
从遥远的乡村昼夜迁徙
策马而来

王头顶着桂冠,桂冠顶着天空
胸腔藏着千年的秃鹰,嘴唇诉说苍穹的秘语
群山与湖泊,都是它世袭的臣民
断崖高悬黄昏的鸟窝,当荒野的乱石
说出了姓氏,时间成为海拔
而孤独天寒地冻

2015 年 7 月于贵阳

不要在我的灵魂内张灯结彩

聚光灯只能打开虚幻的吗啡
已经习惯暗夜,正独享它的孤寂与寒冷
我知道,那些致命的意象只能在
暗夜的底片上浮现。感谢加冕与恩赐
我已经镶入暗夜的体内,正在向
它的心脏地带昼夜挺进
正在回到从前

孤寂是一种修炼,是一种
百年的福气。就像酒神洞藏千年的原酒
日月蕴藏着精华,请不要惊落
覆盖日月的白霜。不要在我的灵魂
张灯结彩,更不要给时间
抹上靓妆。请记住:素面朝天
才是最高贵的容颜

2015 年元月 6 日于贵阳

星　宿

不知道身体是否藏着星光
也不知道，是否有人说出你的名字
你沿着内心的孤独，昼夜前行
人们在你的孤独倾听隔世的体温
你掩藏的星光，灿烂如蜜

这是冥冥之中彼此的秘语
哲学与宗教，退到了边缘的地带
而神秘渲染着更大的孤独
只有彼此的气息，连接着时空
就像心跳以王的名义
牵引着风暴

其实孤独是一位深渊的王
从清晨到黄昏，你把桂冠反复折叠
你的生辰八字不需要证词
就像荒野的乱石。你热衷哑语
你知道，被遗忘是另一种
别开的生面

2015 年 8 月于贵阳

我回来了

风在吹。我裸着空旷的胃
提着黑夜的子宫,以剑客身姿重潜江湖
又像一位刚刚犯错的孩子
悄悄来到祖先的灵前,一跪不起
一碗故乡的米酒,从头顶
直浇下来

故国千年,意象铺满小路
我曾在村口的石碑上刻下自己的姓氏
但是我迷狂之中短暂的走神
腊月还乡,我从千里之外的异乡
回到一个词的根部,回到
我千年的故国

策马扬鞭,日行万里
我左手举着姓氏,右手挥动着经幡
呼吸交给风,向天空提前谢罪
我曾经把一只鸟的翅膀,剪成壁挂
只有一路谢罪,才能昼夜追赶
我失落的手稿

我学会放弃,行囊送给路人

除了承受该承受的,赞美该赞美的
还有什么是美德。百鸟归巢
天空鸣响千年的洞箫,一颗失散
的种子,又再次落到
命定的土地

2016年3月于贵阳

火焰追赶着风暴

火焰在体内最先是名词
经过那些血管,经过心脏的庄园
变成动词。火焰昼夜追赶
昼夜演练血液翻卷的波峰和浪谷
其实,火焰是从海底升起
然后身披巨浪,以决堤的身姿
台风一样登陆

2016 年 7 月于贵阳南景书院

谁把我带走

是火焰,还是一阵风
是一把泥土,还是我的文字长出的肋骨
高脚杯里的葡萄酒正在酿造风暴
谁将聆听一根断线上的呓语

我的文字说出最后的证词
没有一场雨水,为焦渴的嘴唇千里奔袭
没有一个眼神,接住坍塌的雪峰
谁让舒伯特的小夜曲变调

谁建造了维也纳金色的大厅
谁让每一个音符,在我的体内瞬间癌变
谁是琴师,谁是作曲,谁酿造了
那一杯紫色的葡萄酒

2016年8月于贵阳海德庄园

黑暗只属于命定的灯盏

没有月亮的中秋才是自己的中秋
这个夜晚的孤独,不会被月亮千里追踪
内心的黑暗原来只属于命定的灯盏
一万年前的缘分,正背着月亮悄悄赶来
你说另一种照耀从黑暗体内升起
我说灯盏也是另一种黑暗

原来,夜空只剩下两只眼睛
睫毛眨动的声音,收拾被肢解的时光
两只眼睛,守着永世的秘密
破碎也是另一种完整,黑夜卷动着
浩瀚的蜜。原来晨雾涂着暮色
灯盏与黑暗谁吞噬谁

2016 年 8 月于贵阳

一场雪天下大白

一场大雪从星宫突降
她以一生的清白,告慰所有的世人
命定的容颜,覆盖了时间
孱弱的肉身,让黑重新回到黑
让白回到白。她路过人间
却说出真相

其实,她不想说出什么
她只是倾其一生,来人间看看
但所有的盛开都是凋谢
她是一位说出皇帝新装的孩子
但她不知道是一种荣幸
还是另一种不幸

2016 年 12 月于贵阳

时间是命运的携带者

时间与命运的一次野合
一张明天的车票,挤上今天的列车
沿途的风景都有自己的宿命
为谁盛开,又为谁落败
其实,每一次生生死死
都是皈依

服从内心的指引,在时间
缝隙盛开,但我始终被时间排泄
我是时间的使者,又终将
被时间埋葬。原来时间掌管着
命运,原来命运犹如
时间排泄物

我穿越,挤上明天的列车
是时间的错误,还是命运的荒谬
是我的命运篡改了时间
还是时间的错误抽打我的命运
冥冥之中,谁篡改了
我的时空

2017年元月于贵阳

一个被装饰的夜晚

这个夜晚,就像被酒精虚幻
在鸡血中才华横溢,在词语中浪荡奢侈
天空缀满翡翠,天使守着星宫
就连月亮也不敢贸然出行。她知道
自己的容颜早已无力承载
如此昂贵的主题

这个夜晚,星星闪烁其词
谁首先交出了自己,谁将被午夜洞穿
这个夜晚,我们说出的词
都被反复漂洗。身体融入了黄昏
渐渐清晰的午夜是在上升
还是湮灭

这个夜晚,我们好像在典当
自己昂贵的一生。我们渴望在岩石上
精心雕刻,在典籍中暗香浮动
这个夜晚天地交合,时空被反复
折叠,我们不知道
能否回到初心

2014年2月14日于贵阳南景书院

谁在摆渡

是饥饿的午夜,还是黎明
或暧昧的黄昏。时间被昼夜放逐
时间之外才是另一种洞开

立在船头,一动不动
黑色的背影是否掩映神秘的风景
只有风暴藏着千年的宿命

站在命定的地方,一颗初心
掩埋过往的踪迹。一种命定的姿势
越过千年,留下了这个时辰

火焰,有火焰的言辞
风有风的身姿。记忆浮动万水千山
而天边的云霞正慢慢打开

谁在摆渡,是否可以
让一位逝者从一瓣桃花上踏雪而来
荒野的乱石口吐莲花

2017 年 4 月于贵阳

梨花是我的另一场雪

多年前,我的肺终年积雪
在原平,我知道梨花是我的另一场雪
它昼夜肆意盛开,我无处躲藏
再次被冻成重伤

漫山的梨花一年比一年固执
好像要把前生和来世都盛开一遍
它的热烈是我的另一种寒冷
一个季节失去了最后的温度

从清晨到黄昏,她才华横溢
整个春天甘愿被她覆盖。时间大开大合
原来她从唐朝一路走来,而我被
时间缩小,被季节虚幻

我可以铭记自己的渺小
但那个朝代的风月,依然主宰着时间
风已经迷乱,都在模仿它的香气
我俯下身子,放弃奢望

2017年4月于山西原平

立夏或时间之殇

时间不停变换着行走的姿势
那些盛开或枯萎的植物,分道扬镳
长高的声音,昼夜摇动着门窗
而那消瘦的面容慢慢矮到地面

光阴的交替掩饰着腐烂的肌体
季节说出秘语,人们在翻阅陈旧的病历
我知道,时间的疼痛其实就是
一位老人犯了疾病

独居暗夜,黑暗依然吞噬着夜晚
那些病变的骨头只能臆想隔世的阳光
人们在不同的景致走散,又会在
时间的深渊,再次聚会

其实消逝也是存在的身姿
黑夜,也许会酿造另一种雨水和阳光
被埋葬的人,重获命运的密码
重新站在更高的海拔

2017 年 5 月于贵阳南景书院

月亮走在无人的街道

月亮走在无人的街道
时间身披蓑衣,被月亮移除体内
屋顶被涂上一层厚厚的普蓝
原来我的家乡,冥冥之中被篡改
月光依然白得发响,而我
只剩下黄昏的异乡

我告慰自己,身披黄昏
就是把灵魂寄在天涯,让漫天星星
提前睁开蓝色的眼睛。我知道
每一阵风,都藏着天空的秘密
我们内心的动词,都要慢慢地
变成安静的名词

2017 年 9 月于贵阳

时间好像摘除了心脏

假期稀释着空气,时间好像
摘除了心脏。我的呼吸停了下来
天空,好像被吹得更远

我知道,我已经把你遗忘
就像割掉体内的阑尾,切除发黑的
盲肠。从前的风,吹着呓语

我命令自己,不许再回忆
就像昨夜的河水,不能再倒灌船舱
昨夜的雨,不能再回到天空

记忆已经死去,借尸还魂
只能是更深的悲伤,只能让时间
冥冥之中,再一次死去

那些梦里依然起伏的沟壑
我会填平。用深渊,或另一种仪式
或流落民间的偏方

我再次调集所有的汉字
重新拼写我的领地我的城市我的庄园
我编撰日历,删除癌变的春天

第二章

与神为邻

在鲜血凝固的伤口定居下来（组诗）

我把时间剪断，再剪断

我剪断所有的时间，让你们
枯萎的面孔，开放我的每一个清晨
让那些白色的花瓣，铺展我
所有的黄昏。键盘墓园一样安静
静默的按键耸立着墓碑

雨是昨夜的雨，风是昨夜的风
我不同意，我举起盘古生锈的大斧
劈开时间最初的声音。你们要
重新回到课堂，重新牙牙学语
重新翻阅童年的课本

我掏空了所有的记忆
为你们凋零的眼神，留下辽阔的空地
飘散的姓氏已植入我的胸骨
你们还要回到家乡，还要倾听庄稼
长高的声音。要在我的书房
重新捧起每一个汉字
谈论诗歌和爱情

我的血管，早已经空了出来
你们凝固的鲜血快到我的体内重新流淌
我的嘴唇，吐出你们的呼吸
我脉搏跳动你们的名字。我的额头
是你们的耕地，请在我的胸脯上
安顿下来，生儿育女

我把体温降低，再降低

我把自己的体温降低
再降低，心律与你们一样回到负数
眼睛和你们一样紧闭

时间凝成冰雪，我被冻在冰里
你们深埋废墟，我被埋在你们身体下面
是废墟下面深埋的废墟
是废墟中的废墟

我学会拒绝阳光和空气
拒绝那些鲜花的毒素和另一种黑暗
我把自己的体温降低，再降低
与死者的表情重叠在一起

你们的血液永远不会冷却
我知道，鲜血已经被时间凝固
我要在伤口定居下来

我把伤口捂住，再捂住

我把伤口捂住，再捂住

鲜血从指尖流淌黑暗，泪水涂染天空
时间连根拔起，记忆被拦腰斩断

伤口，依然在柔嫩的脐带上
在九百六十万平方公里，像沟壑一样
像深渊一样，昼夜展开

我把伤口捂住，再捂住
幽深的伤口，漂浮着成片尸体的伤口
吞噬道路村庄和房屋的伤口

天空倾斜，伤口裸着时间
一个黑暗的夏天，就像一道黑色的闪电
划过国人的胸口

我把烛光点亮，再点亮

我把烛光点亮，再点亮
512 支蜡烛点亮的桃心是今天的国语
她生长我诗歌永不凋零的意象
是现代汉语燃烧的表情

我把烛光点亮，再点亮
文弱的烛光从废墟之中提炼的烛光
从亡者的肋骨上点燃的烛光
在死神覆盖的中央，被诗歌捧起
被亿万只手举到了天堂

我把烛光点亮，再点亮

那些蜡烛，是我心尖上的血肉连夜浇铸
那摇曳的光焰，是我们的舌尖
在卷舔每一片瓦砾和每一片废墟
天堂安静如雪，你们的枕边
已铺满提前飘落的诗篇

2008年5月19日国悼日于贵阳

花　祭

那些身后的花已经枯萎
我们吸尽她的芳香，我们正在开放
正在把云团和雨水堵在天边
依着万里星空，正从黑夜捞起月亮，
正在那些云团和风的翅膀上
写下诗篇

一个人的幸福，总是从死亡
之中策马穿越，总是让同一个夜晚反复凋谢
让一本书的扉页变得空旷而寒冷
一朵泪雨迷蒙的玫瑰，总是让人昼夜
负罪，回到万念俱灰的黄昏
回到从前

她像一位伴娘，挽着我们
走进殿堂，而现在她就躺在垃圾堆里
她卷曲的脸也卷曲了时间
但我们不能说：让幸福停下脚步
让火焰回到冰，让收割的
大地，更荒凉

2008 年 6 月于贵阳

夜空梦一样幽蓝

夜空像梦一样幽蓝
月光无语,那些马头墙的瓦房隐去
那些家乡的吊脚楼背井离乡
夜空浩渺,只剩下两个人的呼吸
只听见星星眨着两双眼睛
风越过千山万水

风吹着同一种方言,吹动
两个人的夜空。青色的石梯日渐模糊
河流远去。月亮好像我们的
庭院,而桂花也为我们提前盛开
命运米酒一样酿好,而诗歌
依在桂花树下

夜空成为命运的一角
一个意象,就是一座古老的村庄
我们依着这些古典的意象
好让命运,在这个夏天重新迷路
在一首诗中安顿下来,在一个
词中,挥霍余生

2008 年 6 月于贵阳

一只静物里的苹果

她掩藏在破碎的光影里
光泽与色彩被孤独吸干
浅紫色的背景,潜藏隐隐起伏的音乐
夜晚,就像久远的梦一样虚幻
浓重的暗影,隐去了她
眼角的忧伤

她的脸正由红泛绿的渐变
她要回到从前,像一只风中的苹果
依然挂在枝头的苹果,一只
拒绝红色,拒绝走向秋天的苹果
她渴望重新开放,用爱情
赎回青涩的苹果

窗外的雨丝,由远而近
昨夜,她已经从静物中逃了出来
她与枝叶和晨露为伴
与命运为伍,在梅雨敲门之前
等待一只手,从南方
远远地伸来

2008年8月于贵阳

女 人

头顶荷叶,踏雾而歌
晨雾中的背影犹如刚刚出浴的夏娃
天空高远,大山变得庄严
骑手的腰刀在马背上更加雪亮
男人更加男人,而灰烬
重新燃起火焰

枝叶间悄悄流淌的露珠
如烟的大漠命定是她最后的归宿
浇灌,是她一生的动词
在废墟和绝壁,在男人的头顶
一条河流,总是绕着土地
总是流淌每一座村庄

2009年元月于贵阳

在国王与皇后中间
——元月 17 日的贵阳大师咖啡馆

深棕色的座钟复活了记忆
每一个话题,都散发出咖啡的香味
米开朗基罗、梵高、荷尔德林
海德格尔和海子都来到了我们身边
阳光透过窗户斜斜地照在桌上
每一个名字芳香四溢

冬日里的阳光是奢侈的
午后的阳光照耀的红砖和黑瓦是奢侈的
永乐路的大师咖啡馆是奢侈的
墙上的画,缭绕的音乐是奢侈的
路上的行人连同街边的乞丐
都是奢侈的

一个被音乐和诗歌命名的下午
一片从一幅名画的一角剪裁下来的天空
国王和皇后,才敢如此的奢侈
伸完懒腰的猫咪和刚刚醒来的小狗
也在倾听,窗台上枯萎的花瓣
突然睁开了眼睛

2009 年元月于贵阳

火 舞
——小城与波兰特的夜

火焰由橘色到淡蓝,自她的
足尖,她的脚踝和她的每一个关节跳出
她没有醉,但酒精从肌肤渗透出来
从她的指尖滴到地面,滴到
音符之上。她变成了淡蓝色的火焰
天空被她的嘴唇涂满芳香
火焰像绸缎,而她的血液
尖叫着午夜

吐出火焰,又被火焰吞噬
闪亮的曲线跳动音阶,细胞裂变的声音
融化冰凉的大理石和呆滞的目光
午夜的火焰是让钢铁弯曲的一组动词
灯光暗淡下来,火焰碎成花瓣
像少女的初吻陷落深渊
漫天翻飞的黑蝴蝶,瞬间死去
又再次涅槃

2009 年 5 月于贵阳

吉他女

午夜的都市一半是繁华
一半是荒凉。夜店的长街仿佛挂在天上
她纤弱的指尖在琴弦上拨弄
夜灯暧昧,她被投进深重的阴影
她的脸一半是黑暗
一半是明亮。她已经没有泪水
但她的手臂像长鞭
已经把江南的梅雨提前
赶到了这里

她来自安徽,她白净的手指
折叠的一架纸飞机,就停在这座城市的校园
白天,她在翅膀上画着优美的图案
夜晚她就抱着一把吉他
拨弄午夜

琴声如泣,惊落屋檐的雨滴
一个夏天的午夜突然变得潮湿而寒冷
黄昏开始,她拨弄了一个夜晚
她仿佛在拨弄自己暧昧的一生
琴音沙哑,一位少女的脸
正在沦陷

2009 年 9 月于贵阳

是夜半，还是家乡的黎明

晨雾在门窗堆积，寒露凝在脸上
是童年记忆渗出的盐，还是命运追逐的白霜
我睁开眼睛，已经分不清是夜半
还是家乡的黎明。原来眼睛荒废了
多年的器官，两个黑洞洞的眼眶
仅仅装饰着记忆

大寒时节，返乡的人是幸福的
流亡天涯，把故乡放在胸口的人是幸福的
而我在家乡已成为一位异乡人
山寨的风割断了光线，那棵老银杏
把我悬挂在空中。一位老银匠
把时光敲到很远

2010 年 1 月于贵阳

一张脸，在一碗米酒中变形

十七万平方千米的故乡摊在手上
我找不到祖先的老屋。记忆坍塌，或被湮没
风从四面涌来，我像纸片一样被卷起
一只迁徙的候鸟落在肩上，它的呼吸
摇动我的身体，它的体温让我
天寒地冻

一张老脸在一碗米酒中变形
像墙上的干鱼，血迹被晒干，基因渐褪
背叛了水背叛了阳光和空气
油烟覆盖着肌肤，粗粝如同岩石
身体被竹片撑开。姿势无语
藏着无译的密码

2010年1月于贵阳

回乡的路只有一条

血液是一条河流,故乡藏在源头
一头祭祀的公牛把血液喷向天空,洒向山寨
尽管死去,但是身体高耸着群山
而肌肉依然起伏着麦地和青色的瓦房
宽阔的额头长满青草,喂养那些
黑色的山羊

远行的路有千条,回乡的路只有一条
咬破指尖,用指尖的鲜血在胸口上重写族谱
老屋后面的小山是甲骨文留下的空地
那里藏着祖先的骨头。只有潜回血液
才能把姓氏刻在胸口,把祖先的神位
祭在祠堂

2010 年 1 月于贵阳

听 石
——与灵焚、黄恩鹏、爱斐儿、三色堇、成路的同题诗

  这里有大明朝的屯堡，是吴三桂西征时屯兵垦荒之地。600 年来，从南京迁徙而来的大明后裔无论是老屋还是语言、服饰，都保持着较为完好的大明风貌。他们的存在，是文化心理作为一个民族和一个时代灵魂支撑的活态例证。我们在游览军事要塞天台山时，被依山而势，直逼苍穹的石头所吸引，相约以《听石》为题以诗会友。

  一位王朝遗弃的孩子，从记忆中出土
  石头越垒越高，身影越来越小。天空是最大的耳朵
  但子孙早已丧失了听力，安静如死者的脸
  冷藏了那些断代的密码。我们把天空揽入怀中
  依然无法听到回响。那些冷却的嘶鸣
  是另一种风暴

  那些风，已经听了六百年的时间
  如果时间可以剥开，如果剥开最后一根肋骨
  谁端坐时间的中央。是帝王还是侍者
  还是奸臣或草莽。如果时间真是帝王
  每一个王朝都是它的子嗣，每块石头
  是血肉模糊的脸

  谁坐在天庭，分配王朝的命运
  阳光烧焦了我的脸，沉默的石头心安理得

逆来顺受。一堵墙是它们世代的命运
它们被打磨被固定，被镶在记忆深处
爬满身体的青苔递来六百年前的哑语
它的声带仿佛被割掉

没有器官，祖宗的姓氏被肢解
它们被抛弃在这里，如同时间饥饿的排泄物
它们的体温、呼吸、以及心跳
都是子孙病入膏肓的臆想。而那些
小依依，小娘娘，那些前朝的服饰
再次被沦为道具

2011年7月15日于贵阳南景书院

我已经归来

我已经归来,恍若隔世
短暂的时光被雪片一样的文字带到很远
刚刚过去的时间不是时针在走动
而是诗歌拉动的神经在作响

一滴水的交融如十指相扣
细节惊心动魄,一天的记忆已被挽留下来
秋雨已停下它莫名的脚步,而一抹
明亮的笔触打扮着秋日的天空

2010 年 9 月于贵阳

千里之外倾听每一滴泪水（组诗）
——献给玉树和她的人民

玉　树

静美的名字，令我无地自容
你让石头成为石头，珍珠成为珍珠
我在词典的光泽上重新想象
漫步典籍，甘愿坠落，为你殉葬
我被迫寻找新的语言
被迫一生流亡

你纯净的肌体，让那些工匠
一夜成名，成为天才和艺术大师
他们在你的身体上一生匍匐
纤细的刻刀，雕出你临风的身姿
你的身体统治千古绝句
成为语言之王

那些伤口被大风翻卷

不敢把死亡与你连在一起
你胸脯上巨大的裂痕裸出幽深的伤口
我再一次深陷命运的废墟
一滴滴清泪之中我照见生命的卑微

和自己的无知,不忍偷看
你伤口蠕动的沟壑

日月消隐,泪水藏到夜半
不允许它流到脸颊,更不许流到地上
翻卷的伤口把孩子的笑脸变成
那坟场上的纸钱。我在千里之外倾听
每一滴泪水,我听到泪水
冲洗伤口的声音

你把格桑花开到苍穹

浓厚的云团很低,压着屋顶
但你把格桑花开到苍穹,混浊的泪水
变成清流。冰雪覆盖着帐篷
你温润的肌肤蕴藏着高原的禀赋
透过泪光,那些低矮的云团
向你赎罪

我知道,所有的诗人都在写诗
各自守在伤口的旁边,用文字擦去悲伤
把你送回星宫,嫦娥永远伴左右
我知道,所有的汉字都在抒写尊严
我听见吴刚捧出陈年的浆液
桂花树已提前飘香

2010 年 8 月 15 日于贵阳

中国船长
——献给詹其雄

你的头被蒙住,你被蒙住的是尊严
劈风斩浪是你的禀赋,辽阔的海域和风暴
很早就赐予你健硕伟岸的身躯
而此刻是九百六十万平方千米压在你肩上
十三亿人的尊严悬在你的头上
你依然像山峰一动不动

其实,你只是一位普通的渔民
只是一位普通的儿子,一位普通的丈夫和父亲
你卷到风暴中央,巨浪吞噬你的身躯
可你的内心深藏十三亿颗心灵
身体长着十三亿根肋骨。你的头已被举到
比太阳更高的地方,你的脚下
是中国版图的骨架

2010年9月于贵阳

今夜,你被亚鲁王封为贵妃
——献给 ZBS

是明年的桃花,越过季节
你绯红的脸提前盛开。是钻石占领你的眼睛
那些维纳斯的线条翘起你紫色的嘴唇
谁飘逸你黑亮的长发,谁又替你
洒下泪花。举杯邀月
琴声四溢
是被酒精唤醒早逝的记忆
还是酒精被你点燃。是被"亚鲁王"封为贵妃
是智慧女神婉和答应做你的伴娘
还是你成为祖奶奶最小的女儿
你的血液呼风唤雨,桂冠
熠熠发响
所有的公主被你锁在了深宫
你醉了,你把女人古典的意象醉得发亮
月亮和所有的星星被你打扮又打扮
你把蓝色的天空,洗了又洗
你让草间上的露珠
晶莹透亮

2010 年 10 月于贵阳

深宫与春天

1

不要在一瓣桃花上卖弄风情
虚构春天。殿堂和楼台被鸟兽反复啄食
水分丧尽,只剩下病入膏肓的容颜
那些国王和皇后,那些太监的名字
宫女的名字早已锈迹斑斑
早已剔除记忆

不要在一根断弦上装腔作势
故作惆怅。恍若隔世的琴声香消玉殒
只能走出烟花的女子。衣裙落在
深宫的楼台,你的脸依然被埋在午夜
姗姗来迟的身影飘满谣言
你不是踏雪而来

不要在一节柳枝上摆弄身段
装扮假肢,盛穿皇帝的新装
那些浓重的云团,正从天边悄悄赶来
不要上演那些乍暖还寒的戏剧
那些死者还没有合眼
你不要赶来

2

漫天的文字向你飞过来
赞美的激素，盛开你漫山遍野的桃花
你解开衣裙，你搂之入怀

那些桃花追到诗人的脸上
但不是你的容颜；那些冰河涛声飞溅
也不是你的语言。天空的言辞
来自空旷的嘴巴，它们早就知道
你将卸下深宫的容颜，而你的
无辜敲打着时间

3

这是春天，姗姗来迟的春天
其实，你只是一位衣着鲜亮
风情万种的女子。你与一位国王抱卧午夜
又与一位王子搂出黎明。优美的身段
昼夜卷曲，而你的脸是午夜
还是黎明。那些绫罗绸缎都是道具
你不敢让春天珊珊来迟

2011 年 3 月于贵阳南景书院

语言与语言之间
——致日本诗人

语言在肤色和民族之上采撷
又安置在同一片天空,同一片草地
语言与语言之间,是一排排
春天的栅栏。孩子在草地怀抱鸟兽
牛群和马群在嬉闹。月亮的唇边
同一个梦悄悄升起

死神可以肢解躯体,却无力分开
不同肤色语言之间的气息。风暴可以夺走
房檐和身体,而人们依然居住在一起
他们解开那些噩梦的死结
讲述心灵的故事,彼此擦去
眼角的忧伤

2011年2月于贵阳南景书院

春风难度

伸到窗前的桃花，不是
春天的赠品，它是血液尖叫的声音
请不要忽略昨夜凋落的姐妹
她们一路走来，却在枝头掩面而去
其实春天无法翻过雪山
它仅仅是在栅栏外徘徊

只是一年一度的遭遇
它掀开冰冻的河床，但河流依然
倒挂在天上，枯瘦的村庄
依然在千里之外；它打马过雪山
而我的肺依然终年积雪
它仅仅是，时间的装饰

每当夜深人静，我总是听到
它的哭声。它为自己暧昧的身世而哭
为虚无的命运而哭，为一万次
装点山河而哭。它不知道谁是它主人
它已病入膏肓，它闭门赎罪
在索回自己的姓氏

2016 年 7 月于贵阳

盛开时间的石头

雨水的背后都藏着云团
每一粒种子,都埋着自己的宿命
从黑暗之中提取温暖,就是
一种宿命;在神灵的翅膀上回家
在路上画着精美的图案
是一种梦想

图案上居住着我世代的亲人
年复一年,他们把春天打开
直到落日碾碎群峰,黎明不再醒来
雨水浇灌时间也浇灌命运
他们被泥土埋葬,从脚踝
直到胸口,再到头顶

原来所有的春天都是赝品
只有那些让时间昼夜盛开的石头
才是花朵。那些从神的午夜
开掘的矿石才是元素
它们藏着神灵的体温
它们留下姓氏

2011 年 5 月于贵阳

从一尊玉说起

流落荒谷,还是浴着光影
她的灵魂盛开同样的花朵
听到她的乳名,就像臣民见到公主
俯身下跪,千年不起

我对玉的无知令我痛心疾首
一病不起。一千次伸出手指都停在空中
而这千里之外的仰望,我依然害怕
我的无知已把她伤害

这是春天,万物生发
有多少故事和细节因为我们的无知被误读
被遗弃,而我们依然端坐于
星宫或广场

红颜薄命,或英年早逝
这些宿命的词,在命书上跳来跳去
总是拉扯着我们的神经

2011 年 5 月于贵阳

我们住在同一首诗中
——与春晓兄千里畅饮

举杯,每一个汉字都是酒杯
这是天庭的盛宴,月光就是醇香的浆液
千里之外,我们在一个词中挥霍
青春,在血液之中复活酒神
最后的泪水已经盛满
大地的酒杯

天下诗人皆为兄弟
我是诗歌的仆人,我们住在同一首诗中
所有的意象,都是我的庭院和瓦房
我们是诗歌的兄弟,每一个词
都闪着古老的意象

我们在意象中思考、阅读、写作
共同的血质,染色体相同的纹理让我们呼吸
重叠在一起。所有意象藏着同一颗心脏
动词都逼向命运。除了这片土地
哪里也不去;除了日渐扭曲的脸
诗歌丧失了语言

正午的太阳天寒地冻,但我们开辟
千里之外的阳光。我们的肉体很轻,我们的命

很薄,但我们的骨头很重。血液流淌
千古的幽香,一首诗歌从屈原写到今天
两千多年的时间,写下两张
诗人的脸

举杯,但今夜谁也不能醉
汨罗江的风一直在吹,汨罗江的雨
持续至今。一张诗人的脸穿越古今
汨罗江的冷是诗人的冷,汨罗江
从此成为,诗人的故乡

2011年6月6日12时15分于贵阳南景书院

颂 词
——为"2011中国贞丰六月六风情节56个民族祭母盛典"而作

激荡的乳峰直逼苍穹,圣乳浴着高原
积淀千年的乳汁昼夜汹涌,群山和江河被抬到天空
原来这是创世女神的家乡,蕴藏的乳汁
波光荡漾,万物被您昼夜滋养。多汁的乳峰
高耸着蓝天的圣光,是神话是传说
还是流淌天空的歌

自从女娲提炼彩石修补天空
万物初开,天地醒来,时间的眼睛,迷蒙初开
天苍地茫,梵音缭绕。汹涌的诗篇从云海
从天边昼夜赶来。言辞是胸腔的血块
火焰点燃了夏天,您被举到了比太阳
更高的地方

天空是音箱,大地是舞台
五十六位星宫的儿女,五十六根天籁的琴弦
五十六首天赐的诗篇。举杯邀月
嫦娥长裙及地,沙沙作响,飘逸而来
所有的星星降临大地,所有花朵
结伴而歌,琴音翻卷

音容曼妙，打开天空和大地的扉页
风是您的歌声，春的青涩，秋的金黄是您的容颜
天空高远，优美的胸脯，激荡江河
在典籍之中寻找，在风声之中追寻
一汪雨水中捧起。原来您昼夜描绘春天的细节
谁是苍穹的神灵

墨香四溢，古老而温暖的诗篇世代绵延
穿过空旷和寒冷，孩子们在每一个汉字中呀呀学语
洁白的雪花在风中招展，原来是天空展开
天使的翅膀。当江河洗净心空
人们在一张白纸上，写下姓氏
在玉石上刻下身姿

南盘江蜿蜒而过，流向天空
孩子们在河边席地而坐，仿佛枕着您的臂弯入梦
当江河淌进梦里，月亮从您的睫毛上升起
那些古老的传说从你的臂弯而来，从远古
悠远而来。带着祖先的体温
带着故里的芳香

丰盈的夏天，波峰涌动天空
优美的曲线，像天鹅的翅膀打开子孙的家园
所有的阳光都是您的笑容，所有的雨水
都是您的热泪。风调雨顺，五谷丰登
每一座村庄盛开您的容颜，您的裙裾
绣着五十六条精美的花边

2011年6月30日于贵阳南景书院

当我成为你的传说

原来病毒已沾满你的姓氏
那些偏旁和部首,从此草木不生
远方的远方原来雷雨交加
我知道,我出生的时辰被迫迁徙
一万年前的缘分,早已病变
如同肿瘤被连夜摘除

谁的伤口,梦魇一样盛开
一个无辜的夜晚,突然被推到刑场
原来你的家乡盛开红色的罂粟
你血液流淌的声音,藏着病毒
原来,你就是病毒的携带者
你就是病毒的原体

2016 年 9 月于贵阳南景书院

太阿与高尔夫球场

那些白色的小球是无辜的
它们被反复击打,向天空飞去又回到
原来的位置。它们的每一次飞翔
都是为了再次被击打。我不知道
这是它们的悲哀,还是它们
命定的福报

怀揣诗歌,你刚刚走进球场
那些被反复踩踏的草坪被你纯粹起来
白色的小球仿佛忘记自己的宿命
飞行的弧线,紧贴着诗歌的意象
而整个球场也跟着诗歌
飞扬起来

其实,小球优美的弧线是泪水
联结起来的悲伤,被反复践踏的草坪
也是命定的承受。但是一种疼痛
能否驱赶另一种疼痛。而白色的小球
不能告诉我,那绿油油的草坪
不能告诉我

2014 年 8 月于贵阳

在寒流到来之前
——向生日致敬

接住阳光,用手掌接住
用淘尽悲伤的眼睛接住,用一千位少女的
嘴唇接住。在房前屋后种植阳光
浇灌心脏。当寒流再次袭来
黑夜绕山绕水,从天空直泻下来
我一片片打开,就像瀑布
倾泻天空,就像从死亡中
从容上岸

2016年2月15日于贵阳海德栖

谁身披星光飘然出浴

她摆脱宿命的纠缠
为您积攒了三百六十五个昼夜
黑夜中流亡,是她的宿命
而她吸尽了天地之精气与灵性
正飘然出浴,她正穿越
浩渺的星空

原来一位千古的公主
穿越黑夜,身披星光,正款款而至
她带着宿命的光芒与智慧
此刻,她正在敲打着您的窗棂
正手捧星光,正一点点
靠近您

    2017年10月于贵阳南景书院

春天被两只天鹅打开

与云结伴而来,我展开双翼
暧昧的春天被打开,被两只天鹅打开
天空浩渺千里,翅膀滑动的弧影
琴声四溢。嘴唇卷动天空
意象纷飞。原来天空藏着
神的诗篇

春天被打开,风的手势开始
从冰河下的火焰,从蝴蝶的梦想开始
休止的音符,在琴弦上醒来
原来追逐的蝴蝶模仿天鹅的飞姿
原来那些飘飞的音符
是天鹅之舞

追逐、撕咬、吞噬、穿越
绵延千里的声音,被大风一次次举起
原来舌尖藏着玫瑰的暴力
神秘的胸脯展开古往今来的疆土
原来,天空是神赐的宫殿
是千年的婚床

春天被打开,风的手势开始

从冰河下的火焰,从草尖上的蝴蝶开始
休止的音符,在琴弦上醒来
原来追逐的蝴蝶模仿天鹅的飞姿
音符在天空飘飞,原来音符
是天鹅之舞

2011年6月于贵阳

阿瓦小镇

不知道阿瓦是在天上还是人间
也不知道它的母语藏着天使还是魔鬼
现在它是华清园一路边的酒吧
此刻,它被酒精和音乐嵌入午夜
像帅哥又像绝美的艳妇
劫持所有的路人

一条小街从黄昏醉到清晨
胸腔如广场,向所有的路人昼夜敞开
不同肤色的面孔,不同的语言
打情骂俏,昼夜撕咬。身体只剩下
血液与酒精彼此对峙的声音
体温摇动午夜的钟摆

酒是唯一的语言,音乐被血液飞溅
巴勒斯坦、以色列、黎巴嫩、叙利亚和亚拉克
被剥去硝烟。这些血火浸泡的文字
被音乐和酒精擦得发亮。种族和国家
被冷藏,而时间好像回到史前
月亮好像折回童年

2012 年 7 月于北京

北京,突如其来的暴雨

突如其来的雨水
抽打着昔日高贵的面孔
来自哪一片天空
又来自哪一阵风

雨水是柔软的,温顺的
雨水又是坚硬的更是粗暴的
雨水浇灌着麦地
雨水又卷走庄稼

是天空已破败
还是你身体的静脉淤血千年
是雨水太狂暴
还是你太虚弱

如果河床只是自言自语
它的身体,只是天空和大地的道具
每一滴温柔的雨水,都会狂暴
都会泛滥

2012 年 7 月于贵阳南景书院

今夜，我身披王位

当高悬的月亮举起酒杯
那浩渺的星光闪动着晶亮的琼酱
空气芳香四溢，修饰着记忆

倾斜的天空摇曳着身姿
你凋零的睫毛，眨动着千山万水
我飞身上马，再次成为储君

那些背叛的季节如云朵
纷纷被马蹄踏碎，落日连同
地平线，沿着碎片退去

你扭动身姿，我已穿越
你的今生与前世。长发卷起风暴
你的疆域，云海翻卷

黎明纠缠着黄昏，天地混沌
我被吞噬，昼夜被天才一样举起
仿佛从流亡中重回王朝

原来，我今夜身披王位
沿着幽深的古道，策马穿越

原来，我已折回初恋

2017年10月于贵阳南景书院

弯腰拾起的几个汉字（组诗）

禅

菩提树抚弄着我的额头
晶亮的浆液，从树枝上滴入我的口中
云朵俯身披在我的肩上
我坐在一片树叶上昼夜冥想
这些浆液浴着我的身体
我从湮灭的记忆中醒来
原来，是这些晶亮的浆液赐予
我智慧与力量

道

是阴阳之极
是东西之际，是南北之境
是天地之气

是一位智者举杯邀月
指点江山。是一位勇者纵横天宇
壮怀激烈。是万物之父
是神灵之母

礼

如同王朝的一朵牡丹
以国花的身姿在夏、殷、周一路盛开
肌体光洁如玉,被孔子加冕
绵延千年,体香四溢

该退去的褪尽,该遗忘的遗忘
天空破旧,古典的身姿已是杯中的倒影
昼夜酿造新鲜的阳光和空气
我们举杯,把古老的容颜举过太阳的
头顶。听阳光在海面上荡漾
万物安静,纯洁如初。同一个声调
酿造琼楼的玉液,我们的孩子
重新说出现代的汉语

诚

是心灵盛开的姿势,是与万物
言说的话语。打开心灵,就会打开天空
就会从幽暗的心空抖开一万丈阳光
就会听到万物的声音,听到神的
声音,所有的心灵都将
与神为邻

尽管它是一条幽静的小路
但是,他通向天宇每一个秘密的花园
通向万国九州,通向人间的福祉
通向天庭浩渺的福音,它将天地
合二为一,将所有的话语

叠在一起

义

一个荡气回肠的动词
一个把生命，放在时间上昭示的动词
一个从天空投下巨大阴影的动词
一个让世人掩面痛哭的动词

一面古老却透亮的镜子
立于时间之外，把所有的骨头照得熠熠发响
在你面前，所有的山峰将不是山峰
所有的骨头将不是骨头

信

是一道黄金射出的光焰
是镶嵌在时间中的价值连城的翡翠
是刻在我们染色体上的金印
我们临风把酒，它是一生的宝典
是每一条道路的入口

它写在黎明的天幕
是我们每天都要仰天朗诵的圣经
是妈妈教我们的第一首儿歌
我们遥想千年，它是祖先的箴言
所有的子孙世代受洗

2013年6月于贵阳

牵一匹马回家

在草原没有看到一匹马
但我知道所有的风都是马的气息
所有的云团,都是它的翅膀
整个草原都是它的肺

刚刚踏进草原
我就想象它款款向我走来
摇着尾巴,打着响鼻
端着马奶

它是草原的主人
我已受宠若惊,仿佛要在草原
安顿我的一生,就像要在
诗歌定居下来

我把它牵到城市,它仿佛
欣喜若狂。但我听到时间断裂的声音
从它背上掉落,就像那些
很古老的碎片

2013 年 9 月于内蒙古锡林浩特

顶着天空的蚂蚁

一生都在幽暗的角落里爬行
都在搬动天气,搬动骨头的残渣
它们最先听到风暴,最先被
卷走或被掩埋

它们昼夜顶着天空,它们
要让树木、庄稼和屋顶安静地生长
每天黄昏,它们就坐在天幕
看着荒野的石头,长成童话

其实,它们是大地的老祖宗
又是私生子。它们在乱石间昼夜爬行
精细的肚皮,昼夜擦出火焰
但是人们听不懂,也看不见

2013年9月8日于内蒙古锡林郭勒盟

西外的落叶

她们从不同的树梢飘落
潮湿的校园铺满金黄。她们把身体与色彩
献给秋天之后,承受所有的践踏
就是她们共同的宿命

一阵风吹来,她们又被卷到天空
但是她们不是回到树梢。秋天泪眼密布
他们消失了,无影无踪。告诉我
是宿命还是另一种无辜

2013年12月于西安

桃花说出谁的宿命

一千张红嘴唇，掀动枝头
昼夜向我释放那历朝历代的消息
我想起那些午夜领唱的歌手
他们才华横溢，纷纷挤进虚无的
舞台。我知道是虚无的毒素
拥入她们寂寞的舌根

我不知道她们为谁领唱
一位女子，站在断崖，古典的言辞
说出红颜薄命的古训。人们
搂着她的细腰，或者把她插进那
宝蓝色的花瓶。紫色的嘴唇
从此黯然失语

其实，她命定的言辞打开
亘古的秘语，她的宿命就是春天的暗殇
娇嫩的容颜挥霍昂贵的一生
这不是火焰的句式，是一条古训
遗落的剧照。她盛开的声音
传来血液的尖叫

2014年3月于鲁院602室

紫色的秘密
——赠王炜炜同学

今夜的月亮褪尽千年的忧伤
琴声四溢,琴声从古筝的断弦上升起
今夜,所有的女主角纷纷退场
今夜的空气全是你家乡的气息

你说出生的时候紫霞满天
此刻的夜空已乖乖回到了那天的表情
月亮因为藏着这个秘密而悲伤
今夜是你打开秘密的日子

2014 年 3 月 31 日于北京

午夜藏着谁的宿命

我刚转身,玉兰就香消玉殒
而我再一转身,那些梅花就悄然离别
窗下的桃花还在一路的红着
还在倾听我午夜的梦语。它们的脸
无法掩饰悲伤,它们的眼神
藏着那些姐妹的消息

活生生的死亡总是悄然而袭
这些姐妹在我窗下一起闹过,一起哭过
此刻却阴阳相隔。千里之外的消息
就像飓风,总是将岛屿反复卷舔
总是把死亡浮出海面,而我是
那岛上唯一的人

午夜藏着谁的宿命,一盏孤灯
打开整个世界。所有的汉字都云集响应
奢望用一首诗歌接住另一首诗歌
可是,那些致命的意象早已不辞而别
昔日的偏旁和部首,突然又变得
扭扭捏捏,好像从不相识

2014 年 4 月 12 日于北京鲁院

一片叶子的声音洗净我的身体

我把自己的身体打开,再打开
群山安静,昨夜的风又从林中吹过来
一片叶子的声音洗净了我的身体
黄昏的倒影被连根拔起

月亮回到冰,我回到月亮
那刚刚出生的年代,原来是我忘记了
身边的油灯,原来我自己
就是那位点灯的人

那些野果的浆液和露珠停下来
停在我微微张开的嘴唇;那些蝴蝶停下来
停在我的睫毛上。血液折回到远古
树皮和石器,说出最初的话语
那些石头泪流满面,它们刻下
第一个汉字

2014 年 4 月 16 日于北京

我们藏着同一个故乡

今夜没有舞台，没有
表演者，没有虚幻的光影与面具
悄悄确认的眼神，潇潇洒洒
翻阅千山万水

原来，同一场雪落在了
两个人的故乡，落在同一根琴弦
身姿纷纷扬扬，落成了
一万年的风景

闪电从眼神射出，穿越
彼此的极地。仿佛等待了千年
同一曲音乐才在今夜升起
指尖缓缓拨弄，琴声四溢

相隔千里，从两根琴弦上升起
原来，我们早已藏着同一个故乡
房前屋后，都开着相同的花
都挂着同样的果

2015 年 2 月 14 日于贵阳南景书院

狂欢之后

蚂蚁爬动着自己的宿命
一粒谷物,无力支撑大地的黄昏
米酒的记忆九曲深幽,重阳的
火焰慢慢变黄。当从酒窖醒来
万家灯火熄灭,谁来守望
那来年的重阳
一只苹果把秋天举过头顶
秋天被火焰解读。当火焰被灰烬说出
当灰烬飘散,谁以逝者的言辞
诉说秋天的苍凉。那些枯瘦的土地
无法将血液流向枝头,只有风
摇动最后的表情
其实火焰藏着天空的野心
瞬间的闪耀,挥霍了昂贵的一生
当黑暗吞噬了最后的星光
天空终将露出白生生的骨头
当万物失血,只有逝者
向天空赎罪

2015年1月10日于贵阳南景书院

从荒野的石头开始

传说二月二藏着龙的吉日
镌刻的图腾,把子孙植入千年的画卷
其实荒野的石头才是时间的主宰
它们才是最原始的意象

如果,火山的言辞要在
胸口拼写,请从那些荒野的石头开始
那些细节,要从一颗颗被季节
遗忘的野果开始

脊背的鳞片,阳光闪耀
我默认是黄河的秘语在我的身上翻卷
也许,龙就是一种虚无的传说
我不敢说出,我龙的属相

一路流浪,从一粒没有姓氏的
沙粒开始。去年我住在昆仑山的源头
那些没有姓氏的石头为我命名
我突然发现自己的血质

2017年3月于贵阳南景书院

第三章

爱与变奏

另一种玫瑰

我知道,你藏着弯月的刃峰
请剖开夜空,与我在黑夜的中央对峙
就算我倒下,我也欣喜若狂
我知道,伤口会结出雪白的晶体
而渗出的血液,鲜艳无比
昼夜冒着热气

有一种伤口,掩藏着幸福
向幽深的伤口致敬,我渴望眷顾
渴望你在伤口中策马穿越
而你的身影,打开风的翅膀
当神秘的时辰降临,卷起
一生的回忆

2007年8月于贵阳南景书院

那些风,那些雨

雨水和风像孤魂一样纠缠
回家的小路被你反复误读在暗夜消失
家乡的河流,从此倒挂在天空
月亮从此分泌晶亮的毒汁
一张枯裂的嘴唇,依然啜饮
花朵开放的病毒

我疯子一样来到你家门口
但那些门窗不认识我,那些花台
不认识我。而那些雨修改了
我的面容,那些风把我飘到异乡
一个人的呼吸,恍若隔世
那些风,那些雨悄然隐匿

一座孤坟守着荒山的野鬼
低迷的冬夜,在一位死者的伤口腐烂
星星的眼睛癌变一样枯萎
来年的桃花,也许再也不会开放
我是最后一位守灵的人
用最后的动词点亮脚灯

2007 年 12 月 23 日于贵阳

天鹅停下舞步,泪水砸向天空

如果我明天死去,风
会剪断我所有的消息
不会让花朵凋零,不会让飞鸟返回黄昏
惊扰那些远方的孤灯
不会让新年,遗落大红的
灯笼,不会让嗓音沙哑
增加空气的湿度,不会让天边的雨水
带着太平洋回来

不会让天鹅停下舞步
泪水砸向天空,一千个死结套向人群
不会让诗歌任性飘落
街道和庭院哀婉绵绵
不会让泪水滴穿记忆
时间,在诗歌中断裂

2007年12月28日于贵阳

一场暴雪，掩埋了记忆

风漫不经心吹着冬至的额头
阳光在树梢不停地跳动。大雪就要封山
而我的肺就要终年积雪。那些远山
没有丝毫的预感，池塘的鱼依然在
黄昏嬉戏。花溪，依然是
往日的表情

我来到天堂，又一次穿上
节日的盛装，仿佛被一场大雪赤身裸体
风漫不经心，而一夜之间
我听到一支军队悄悄向我逼近
最后的高地瞬间失守
一场暴雪，说来就来

风依然漫不经心地吹
一场暴雪掩埋了记忆
太平间的声音覆盖了道路和屋顶
时间后退，地平线坍塌
一只小狗，暴死街头
无人认领

2007 年 12 月 28 日于贵阳

我在你的生日种下诗歌

我在你的生日种下诗歌
每一首诗歌,都藏着通向天堂的小路
那些意象挂满你的门窗
遥远的星宫为你垂下紫色的花篮
而动词像你庭院的秋千

我已命令一千位宫女
做你的侍者,命令所有的桃花
只为你盛开。蝴蝶依依
而格林尼治时间,从你
睫毛的眨动开始

我说过的话枕着你入眠
我用过的词,展开你的翅膀
如果你总是从午夜惊醒
而我的肋骨,已经为你
点亮所有的驿站

2008 年元月于贵阳

谁是谁的艳遇

告诉我，谁是谁的艳遇
谁在失忆的天空，打开隔世的阳光
又一柄风花雪月的宝剑
谁在暗恋，梦想用今生回报前世
那宝剑的暗香浮动今生
才华横溢的剑光，穿越古今
就好像前世的剑
在今夜狂舞

一剑穿心的姿势惊落午夜
两个人的前世，被一把宝剑带回从前
啼血的歌唱原来是千年的回望
就像心窝，被古老的月光裸露出来
如果今夜真是我们一生的盛典
我们愿交出所有的夜晚，就像王
交出王位，就像天使
交出翅膀

2012 年 2 月 14 日于贵阳南景书院

不要再卷舔我发绿的伤口

如果我明天死去,一定是
我顽皮的乖乖又划破我的肌肤
一定又感染了血液
命运,再一次中毒

请不要再卷舔我发绿的伤口
不要让这些血块弄脏你光亮的毛发
你缠着我的身体,舔我的脸
我知道,你是哄我开心

你的生日演绎了千古的奇缘
我把你抱走,我们成为彼此的乖乖
来生,你依然把我领回家去
而你依然再次划破我的肌肤

2008年元月于贵阳

你的脸深埋在凋零的花瓣里
——致××

别把你的脸深埋在花瓣里
不要再把你的呼吸，藏在风声里
花瓣掩埋你的脸也凋零了时间

整整一年，我捧着所有的花瓣
我翻阅所有的风声，以便像倾听自己的心跳
倾听你的呼吸，以便宽恕白昼和黑夜

春夏秋冬，我把自己的身体
压在蚂蚁下面，研究植物和气象
向所有的花瓣和风鞠躬

其实，那些花瓣根本无法
掩埋你的脸，她们只能躲进你浓重的
阴影，恰好让你露出谦卑的春天

那些花瓣只能在你的怒放中哭泣
他们注定再一次凋零。风声只能再一次
自责，白昼和黑夜露出无辜的脸

2009 年 1 月于贵阳

我已来到你的家乡

那些早起的雾罩着山村
那些刚刚醒来的小树站成一排
白雾缭绕着青色的瓦房
草尖上的露珠被我命名

我已经来到你家庭院
红色的栅栏,就是我们画过的样子
白色的葡萄架依然安静如初
紫色的藤蔓摆着风姿

你是神赐的我新年的礼物
我要记住每一棵小树的名字和年龄
还要收藏那些晶莹的露珠
还为山上的石头取上乳名

不知道是提前赶来的新年
还是被反复遗忘而命定的春天
但我会告诉他们:是爱情
一万年的缘分在今日重现

2010 年 1 月 23 日于贵阳

不要告诉我玫瑰是一种传说

自制了行囊，我将要穿越
最荒的荒地。也许星空从此是我的帐篷
与鸟兽和篝火为伴，哑巴为伍
请不要告诉我玫瑰是一种传说
篝火已在天边点亮，请不要
告诉我生死的距离

这是一场心灵与心灵之战
是一场古典的国王与国王之间的战争
我的诗歌，就是我的千军万马
不要告诉我这是传说中的传说
所有的汉字整装待发，也许是
那地狱与天堂的距离

我并非多情，并非浪漫
在心灵面前，我只是一位盲人和哑巴
我只能服从心灵的指引
谁也不能说让心灵慢慢停下脚步
让爱情凋落，让日子
一天天荒芜

2010 年 01 月于贵阳

格林尼治时间从你开始

这是两个人的世界
这是两个人的国家。杰克是国王
你是王后。一万年前的缘分终成正果
格林尼治时间从此刻开始

从你开始,从你的母亲开始
从你的祖母开始。遗忘的被重新打捞
当时间展开双臂,世界揽入怀中
我们期待的只是命定的人儿
那些被折断的橄榄枝,只能被遗弃
在路上,只能在路人的脚下
发出几丝清响

时间的轮回是一个幽深的谜
我们迷失,跌入谷底,在井中数着星星
奢望在星星中发现神秘的出口
春花追赶着秋月,爱在冥冥中埋葬
我们只能在爱人的身体上
发现自己的呼吸

只有当肉体成为爱情
心跳才是自己的心跳,而时间
才能成为时间

今夜，所有的鲜花都是赝品

今夜，语言消逝
所有的鲜花都是赝品
只有十指相扣
只有倾心相拥

今夜，鲜花藏着病毒
如果所有的语言都用鲜花说出
如果爱情已病入膏肓
万物将逝

2011 年 2 月 14 日于贵阳

从雪峰到小江南

最先埋葬我的是冷艳的雪峰
几乎圣洁如玉,高耸的蓝天的圣光
像一位突然莅临的王。我不知道
自己是一位武士还是一只雪豹
我被逼到断崖,征服的欲火被挑动
狂乱的手指在峰峦间喧响

我知道,被埋葬是幸福的
被遗忘是悲哀的。雪峰跌宕着夏天
一个世纪的春光肆意荡漾
雪峰之间,我迷狂的手掌捧出
一个世纪的春光,我甘愿
被幸福一生埋葬

两只蝴蝶一直在追逐我们
她们一定熟悉我们的身世,一定打听到
这个神圣的日子。她们听命于谁
把我们牵上石梯,身上那绚烂的绸缎
飘动我们的夜晚。她们是神灵
又是我们的伴娘

最先吞噬我的是橘瓣一样的唇片

她挂在雪峰的上方。最先窒息我的是芳香
我胸腔里的气息瞬间被抽空
整个身体,被两瓣橘子悬挂在空中
要么跌落深渊,要么把气息
连接在一起

从雪峰滑过一片平原,穿过
黑色的森林。静美的天空飘着湿润的空气
原来是流水潺潺的小江南,原来是
湿漉漉的溶洞。清幽的空气仿佛
潜藏静电,瞬间燃起我
水底的火焰

火焰在水中翻卷,我沉入海底
又涌到波峰。是火焰追赶我梅雨的小江南
还是我的小江南升起了海底的火焰
细胞吐出毒素,我变成了火焰
溶洞成为我最后的宫殿。原来火焰掀翻
我的小江南,原来我的小江南
也暗藏火焰

2011 年 6 月 19 日于贵阳

在一曲古典音乐中昼夜狂奔

一束闪电突然穿透深渊
噩梦猝不及防,被时空分裂的身体
在一曲古典音乐中昼夜狂奔
记忆穿过伤口的阴影,黯淡下来
时间脱下容颜,漫天的诗句
在琴弦上翻飞

我们提前来到命定的时辰
路边那些小树,就像一排皇家的乐队
他们说:像我们一样,一生相扶
昼夜相拥,彼此咬住音符和节拍
就像咬住一生的诺言
咬住时间

黄昏卷着裙裾,琴声四起
音乐打开一万年前的缘分。那些远山
露出了前世的表情,那些云团
开始散去。月亮情窦初开守在窗口
一曲古典的音乐,能否收留
我们昂贵的一生

海水洗净了心空,万物消失

千年的岛屿,贴着胸口像音符一样升起
古典的音乐,修饰着两个人的命运
黄昏剪下了我们前世的身影
两个人的呼吸吐出闪电和月亮
吐出另一片黎明

2011年5月18日于贵阳

爱无痕

没有风的妖娆，更不是病毒
但我体无完肤，活生生地被你卷走
迷失是一种最奢侈的幸福
此刻，我只能用一片天空重合
另一片天空，用一滴泪水
接住，另一滴泪水

但泪水不是垂直地坠落
它滑落天空，犹如牵动落日的弧线
那些天鹅的翅膀，画出的弧线
从古代的夜晚画到今夜
我追寻泪痕，甚至折回
它们的初夜

像透明的蝉翼，又如一部天书
相爱的人昼夜翻阅，但谁也无法读懂
昏黄的壁灯打开一个暧昧的动词
犹如天才的手指，在黑白间移动
琴声四溢，谁在演奏
舒伯特的夜曲

2012 年 2 月 14 日于贵阳